KB122134

첫 사랑

그대 곁으로

박솔뫼 시집

첫 사랑

◇ 작가의 말 ◇

욕망의 끝

욕망의 끝은 허망하지만
대부분의 인간들은
그 참담한 목적지를 향해
자신의 인생을 건다.

- 박솔뫼 어록 中에서 -

◇ 차례 ◇

◇ 작가의 말 ◇

욕망의 끝 ······ 5

제1부　손에 손 잡고

시 ······ 15
당신은? ······ 16
제국의 DNA ······ 18
우리 형님 ······ 22
옥이엄마 ······ 24
시와 진실 ······ 26
잃어버린 시간 ······ 28
손에 손잡고 ······ 32
태양 ······ 34
아! 대한민국 ······ 36

제2부 그대 곁으로

애모곡 …… 41

아스팔트 위의 사마귀 …… 42

바람의 소리 …… 44

그대 곁으로 …… 46

젊은이에게 고함 …… 48

귀의 …… 50

꿈 끝내기·I …… 51

자연학 개론 …… 52

우리를 침해하는 것들 …… 54

시인의 명함 …… 56

첫 사랑 …… 60

제3부 향기로운 말

향기로운 말 ………… 67
그리움 ………… 68
바람개비 ………… 70
천사와 악마 ………… 72
신자유시운동의 횃불을 올리며 ………… 74
동시대인에 대한 어느 시인의 서한 ………… 76
심판의 언덕 ………… 80
꿈 끝내기·II ………… 86
기러기 ………… 88
친일파는 살아있다 ………… 90
아! 나의 조국 ………… 92
친일극우 해부학 ………… 94
아! 배달이여(개작편) ………… 96

제4부 시선 I

개울 ······ 103
각시구름 ······ 104
황혼의 노신사 ······ 106
남천강 ······ 108
종착역 ······ 110
나비 사랑 ······ 112
가을이 익는 밤이면 ······ 116
멋진 일요일 ······ 118
존재와 무 ······ 120
수선화 ······ 122
표충사 동자승 ······ 126

제5부 시선 II

귀여운 여인 ······ 131
황혼의 꿈 ······ 132
25시 ······ 134
개나리 ······ 138
팔공산 ······ 140
망 ······ 146
생각하는 잎새 ······ 148
어느 장지에서 ······ 150
나는 갈 거야 ······ 152
솔개의 꿈 ······ 154

제1부

손에 손 잡고

시

처음 그 시작은
닫힌 인간의
마음의 문을 열게 하고

나중 그 끝은
옹이진 인간의
가슴을 풀어 녹이는

꺼지지 않는 본능적자아의 용광로
영혼속에 감춰진 은밀한 수줍음을 벗겨내는
서럽도록 시린 이 세상에서 유일한……

당신은?

형평사 이후 끊어졌던 가업을
아이엠에프 여파로 다시 이은
한우정육점 주인 신 씨
원래 없었던 姓과 호적
개화기 옛 조상이
가로질러 만들었다는
가족사의 솔직함은
아름다움을 넘어 가히 존경할 만하다
진정한 정신적 인간문화재다.

풍각쟁이, 굿무당도
문화재가 되는 이 시대에
아직도 출신, 간판에 목숨 거는
지금의 우리 세태는 참으로 기묘하다
지식층은 이런 현상을 오히려 즐기며
그 속에 철옹의 또아리를 틀고 있다
학벌지상주의, 물질지상주의, 감투지상주의는
우리의 허영심이 만들어 낸 괴물이다
인간의 영혼을 좀먹는 슈퍼박테리아다.

제국의 DNA
- 폭력의 후예들

베르티움의 무거운 밧줄을
어깨로 짊어진
3,000노예의 피눈물은
서로를 죽이고 죽는
글래디에이터의 살인경기가
끝날 때까지
해종일 땅을 적시며 흘러내렸다

216개의 웅장하고 수려한 아치로 장식된
“플라비우스 페스파시안”의
콜로세움 관람석에서
온화한 얼굴로 포도주를 음미하며
생사를 가르는 처절한
검투사의 살육게임을
안주삼아 즐기던
소름끼치는 제국의 지배계급은
그 시대에 공인된
문화지식인이었다.

제국은 그 후
영국, 프랑스, 일본 등을 돌아
작금에는 미국에 이르렀다

미국의 석학 “찰머스 죤슨” 왈
“미국은 조폭적 범죄집단이다.”
어느 시대인 왈
“미국은 세계를 희롱하는
무시무시한 리바이어선이다.”
제국의 무대를 향한
유엔의 맹목적인 박수갈채는
지구촌 관객들의 고막을 터뜨리고
말문을 막는다

우리 형님

까무잡잡 무뚝뚝이
박학다식 못골 형님
무뚝 뒤에 살짝 숨은
인정 깊은 "영록" 형님

평생 동안 한결같이
내 것보다 네 것 위해
자기 일신 뒤로 하고
남의 사정 우선하니

인정사정없는 세상
가진 것들 다 내주며
아낌없이 정 나누다
별나라로 돌아갔네

먼 길 가는 우리 형님
세속 일은 이젠 털고
훌훌 날아 편히 가소
천왕 해왕 동무하고……

옥이 엄마

추어탕 솜씨가 맛깔 나는
그보다 고운 맘씨가 더 맛깔 나는
또순이식당 옥이 엄마

며칠 전 세상을 떴다
어린 자식 눈에 밟혀
저승길 어찌 갈꼬?

여린 모녀 던져 두고 망연히 가버린
무정한 신랑 혼백 찾아
끝없는 우주를 한없이 떠돌 건가?

하기야, 이 세상은
잠시 머물다 사라질
하루살이 여인숙

너나 나나, 일찍 가나 늦게 가나
어차피 떠날 곳
미련 남겨 무엇하리.

시와 진실

시는
미혹의 심연에서 깨어나는
아름다운 꿈 찾기
진리를 찾아 헤매는
끝없는 미로이며
이상의 날개를 달고
배금의 현실에서 우뚝 솟아
일갈하는 양심의 보루이다

나는 변지의 한 골짜기에서
모두에게 버림받은 미래들을
하나씩 주워 모으며
필사의 정신으로
붓을 담는다

승패는
중요치 않은 것
내가 나아가는 길은
비겁을 박차고
혼신을 다한 열정으로
나를 불사르는 것

된바람에 지쳐 쓰러진
이름 뺏긴 들풀을 위해
오늘도 나는
유배된 들판으로
내 영혼을 달린다.

잃어버린 시간

옛적에 그땐 나도
바보처럼 아름답게 살았습니다

빙하를 뚫고 나온
하얀 달꽃 따려고
면경 같은 남천강에
꽃잎처럼 떨어져 간
어릴 적 소꿉친구
나의 단짝 바보등대
또래 친구 짓궂은 종애놀이에
새 고무신 쇠똥칠도 그저 좋아서
언제나 싱글벙글 함박웃음이
옛적엔 그땐 나도
등대처럼 티없이 살았습니다

세월의 광기 속에
순수의 시간을 등에 지고
나는
세월의 회오리에 빨려들어가
열심히 학벌 따고
열심히 재물 모고
열심히 감투 쓰면서
한결같이 그렇게 살았습니다

하지만
하나둘 벗겨지는 삶의 정체는
내가 만든 그것들에 덜미를 잡혀
끌끌했던 영혼은
흔적도 없고
찌끼 같은 쾌락만 남았습니다

이제
내게 남은 건 오직
허망한 욕망의 골짜기 끝
입는 쾌락
먹는 쾌락
닭장 쾌락뿐

옛적에 그땐 나도
등대처럼 아름답게 살았습니다.

손에 손잡고

허리를 내리잘린 한반도의 한(恨)을
송두리째 토해내듯
억수같이 쏟아붓는 장대비 속을
한 쌍의 쌍둥이가
온몸으로 빗살을 맞으며 걸어 간다

전쟁을 놀이삼는 호전적 강대국의
이데올로기 덫에 갇혀
같은 조상의 형제라는 사실도 망각한 채
서로에게 총질을 해대던 광란의 시간

이제, 동토(凍土)의 시절은 지나가고
평화의 무지개 떠오르는
삼천리금수강산엔
핏줄의 정 가득 품은
봄이 오고 있다

단군의 자손들아!
이제는, 이념도 감정도 훌훌 털고
빛바랜 색깔의 옷이랑
모두 벗어던지고, 손에 손잡고
빛나는 白衣의 統一門으로 달려 가자

봄비가 그리고 간
저 금빛 무지개꽃 사라지기 전에
손에 손잡고

태양

절명하는 밤을
살며시 뚫고 나와
하얀 불 한아름 싣고
패잔병 같은 어둠 쓸어내며
슬그머니 고개 내밀다 수줍어져 붉은 얼굴

한결같은 뽀오얀 자태
억겁을 단장하고
태고의 역사를
묵묵히 지켜 온
너는 외로운 우주 나그네.

아! 대한민국

하늘의 섭리
지극 받고 태어난
유서 깊은 전통의 땅
단군의 세세손손
빛나는 별 대한민국

너는 훗날
이 세상 모든 어둠
태워버리는
온누리 밝히는
태양이 되어
그 영광
오대양 육대주에
가득하리라.

제2부

그대 곁으로

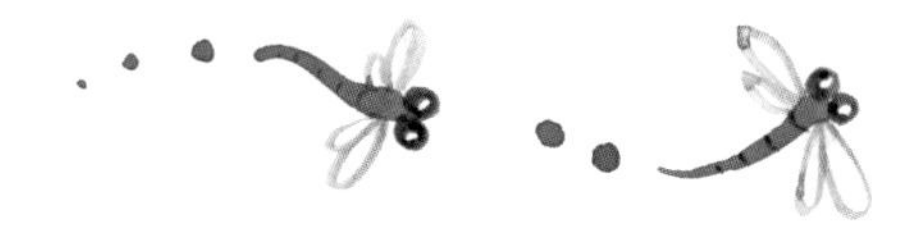

애모곡

"솔뫼야, 집에 가자"
치매와 동무하던
어머니의 고함소리가
병원 수거함에
기저귀를 버리고 있던 나에게
이승을 떠나가는 이별가처럼
저미게 울려왔다.

그날 이후
하루 한 번의 기저귀가
이팔청춘같이 불어났다
지금은, 기억 가고 아니 계시는
어머니의 향기
가이 없던 모정의 바다
어머니의 가슴
사무치게 그리운……

아스팔트 위의 사마귀

고향산천을 떠나
트럭에 갇혀
차도를 달리던
소나무 위의 사마귀는
영문을 모른 채
신들린 춤을 추던 솔잎 위에서
낯선 텃바람에 쓸려
독점된 자본의 정원(庭園) 앞마당
아스팔트 위로 내동댕이쳐진다
당랑권법으로 숲속을 풍미하던
그의 전설은
일순간 무참하게 추락하고

지축을 울리며 두 발, 네 발로
땅을 가르고 내리 박는
광기 서린 골드러쉬의 행렬이,
거대한 약육강식의 괴물이
황금만능의 깃발을 휘두르며
노도처럼 다가왔다
그는 경악하여
혼미해진 정신줄을 겨우 잡고
인간성을 상실한
기계화 된 인간정신을 향해 부르짖는다
“이게 뭐꼬? 우째 이런 일이…
여기가 지옥이야! 난 돌아갈래.”

바람의 소리

당신은 누구인가?
"생갈트의 기사"인가
"몽고대왕"인가
"꼬마상병"인가
아니면,
"금색야차"의 주인공인가

당신은 무엇을 꿈꾸는가?
"솔로몬"의 지혜인가
"알렉산더"의 부동산인가
"시황제"의 권력인가
아니면
"빌게이츠"의 돈벼락인가

당신은 무엇을 따르는가?
“이승만”의 학살인가
“김일성”의 숙청인가
“백범”의 민족인가
아니면
“테레사”의 박애인가?
당신은 都大體 누구인가?

그대 곁으로

봄비 젖어 쓸쓸한 밤
그대 나를 부르시면
나 진분홍빛 바람 타고
그대 침실로 날아가리이다.

천국의 문, 나의 빌키스여!
나 그기 이를 동안
살랑대는 봄바람에
부디, 잠들진 마소서

산이 막으면 뛰어넘고
물이 가르면 뱃길 열어
불타는 장미 한아름 안고
살구 향내 그윽한 그대 곁으로
나 달려가리이다.

젊은이에게 고함

젊은 님이여!
친일 앞잡이 극우 도당(盜黨)으로부터
대한을 수호하라

그들은 독사 같은 혀로
日王을 하늘처럼 섬기며
반민족 만행을 자행했던 바

이제는, 일장기를 태극기로 위장하고
친미 노예로 변태하였다
반만년 지켜온 대한의 얼을 스스로 짓밟아버린

사악한 반민족 잔당으로부터
대한민국을 사수하라
젊은 님이여!

귀의

땡~
삶을 턱걸이하던 푸른 잎새들이
우수수, 낙엽되어 애처롭게 떨어진다

땡~ 땡~ 땡~
삶을 먹고 먹히던 광란의 중생들이
우르르, 부처 찾아 산을 오른다

땡땡~ 땡땡~ 땡땡~
삶을 밟고 밟히던 착란의 군상들이
와르르, 예수 찾아 십자가로 모인다.

꿈 끝내기· I

인생이여
너는 이 지구별을 迷妄하며
살랑 왔다 스쳐 가는 한 가닥의 실바람
다시 못 올
먼 길 가는 날
고운 빛살 한아름
등불삼아 싣고
천상의 미리내 꽃길 찾아
흔적 없이 날아 갈
너는 꽃바람.

자연학 개론

대자연엔
성공도 실패도 없다
그것은, 인간세계가
경쟁의 법칙으로 만들어 낸
허상일 뿐이다

다만, 추함과 아름다움이 있다
추함은, 욕망만을
추구하는 삶을 말하며
아름다움은, 자연에 순응하는
진솔한 삶을 말한다.

우리를 침해하는 것들

한 분이
지나가신다
담배를 손에 들고
독한 연기가
내 코로 파고 든다

또 한 사람이
지나간다
담배를 입에 물고
지독한 연기가
내 목구멍으로 쏟아진다

또 다른 한 놈이
지나간다
담배를 입에 씹고
악독한 연기가
내 허파 속을 독사처럼 휘감는다.

시인의 명함

유산자가 아닌 모든 자들이여
그대들, 가난을 즐기고 싶으면
시인이 되라

오늘날 시인은
삶의 탯줄에 매달린
회초리 같은 요령이다

그 본질은 혼돈으로 길을 잃고
비틀대는 인간의 정신을
진리로 인도하는 전도자이며

진정한 인생의 가치를 찾아
순수의 등불을 밝히는
영혼의 목동이다

탐욕하는 세속에서 욕망의 불꽃놀이에
초연한 채
꿋꿋이 선과 양심을 지켜내는 마지막 등대지기
아름다운 언어의 마술사, 그대 이름은 시인.

첫 사랑

당신을 향해
꽃보라 휘날리는
열정의 눈을 떴을 때는
당신은 이미 떠나가고 없었습니다
당신의 이름 석자가
내 온몸을 가득 채우고
한 치의 틈도 남기지 않은 것을
깨달았을 때는
당신은 이미 저 너머로
사라져버렸습니다

내 가슴 속에 남아있는
당신의 빈자리가
새로움으로 채워지기는커녕
세월이 흐를수록
그리움의 아픔되어
이 가슴 구석구석을
파고드는 것은
어인 일인가요

부드러운 당신의 숨소리
포근했던 체온
이런 모든 행복했던 기억이
고통의 화살되어
내 몸 가득히 박혀드는 것은
어인 일인가요

이제 다시 만날
기약도 없지만
앵화비처럼 떨어져 간
가지가지 추억이 가슴 저려
행여나 지워질까
아스라이, 당신의 모습을
풀어 봅니다.

제3부

향기로운 말

향기로운 말

고해를 건너면 피안이요
연옥을 견디면 천국이라
이것은 곤경에 처한 사람들을
위로하기 위한 말이지만
현실은
이대로만 되는 것은 아니다

그럼에도 우리는 이 말을
거짓된 것이라고 생각지 않는다
왜냐면, 그 속에 희망이 담겨 있기 때문이다
희망은
마음속에 박혀 있는 번민의 가시를 뽑아내고
행복으로 다시 심는 신비로운 묘약이다.

그리움

님 떠난 창문 밖을
연민으로 지켜서니
이슬먹은 별눈 속에
속절없이 빠져드는 살풋한 그대 모습

이따금 불어오는
모진 바람에
때로는 그대 얼굴
가려지지만
어느샌가 다시 살아
하염없이 떠오르는
휘영청 그대 모습

사랑에 이별 숨긴
운명의 잔인함이
낮 태우고
밤 태우고
숨마져 태우는가

가거라 가거라
사랑의 멍에야
가거라 가거라
이별의 멍에야.

바람개비

뿌우연 하늘아래
일자로 내리꽂힌
인간아지트
서로 키를 겨루며
욕망의 탑을
올리고 또 올린다

하늘을 가르며 바람과 노닐던
새 한 쌍
“오늘이 저 바람개비들 귀천날인데
왜 저러고 있지?”
“가는날을 모르거든.”
바람이 따라 웃는다.

천사와 악마

너와 나 탄생의 알몸일 땐
그 영혼
백설보다 순백하였고

너와 나 세월의 땟물들어
그 영혼
수라보다 추악해졌다

천사와 악마
그 경계의 벽은
한 장의 종이보다 얇다.

신자유시운동의 횃불을 올리며

심판의 우상

심판이 우상을 가지면
자유를 지향하는 문학도들은
절망에 빠진다

심판석에 오르기 전
미리 자신을
시류와 편견의 덫에 가두어 놓고
함축과 절제라는 지금의 유행형에
녹아들지 않는 대상은 모조리 지워버리는
판결의 우를 범한다

애초에 문학이
자유롭고 다양한 시풍으로
전개되었듯

심판자가
탐험가의 정신으로
다양성의 보물찾기에 나서지 않는다면

우상에 빠진 심판이란
치욕적인 훈장을
역사에 의해 받게 될 것이다

우상을 깨뜨리면
그곳에
희망이 있다.

동시대인에 대한 어느 시인의 서한

당신은 이 세상
나의 삶의 동반자

나는 당신이
아름다운 사람이기를
바랍니다
아름다운 사람이 될려면
먼저, 타인을 존중하고
가난하고 약한 자를 배려할 줄
알아야 합니다

나는 당신이
겸손한 사람이기를
바랍니다
겸손한 사람이 될려면
먼저, 이웃에 인색하지 않고
아낌없이 나누고 베풀 줄
알아야 합니다

나는 당신이
사랑 있는 사람이기를
바랍니다
사랑 있는 사람이 될려면
먼저, 남에게 옹졸하지 않고
대범하게 모두를 용서할 줄
알아야 합니다.

나는 당신이
정직한 사람이기를
바랍니다
정직한 사람이 될려면
먼저, 자신의 허물과 무지에
솔직해지고
겸허하게 배우고 깨우칠 줄
알아야 합니다

나는 당신이
용기 있는 사람이기를
바랍니다
용기 있는 사람이 될려면
먼저, 불의한 힘에 포로되지 않고
당당하게 맞서서 싸울 줄
알아야 합니다

나는 당신이
이러한 사람이 되리라
믿습니다.

심판의 언덕

신은 영생불멸의 존재로
뿌리도 없고 형체도 없다.
하여 어미 아비도, 후계자도 없다

신은 고독하다
그는
그가 창조한 우주의 저택에
영겁으로 갇혀서
황량한 우주 들판을
홀로 거닐다가
어느 날
그 고독에서 벗어나려
작은 별 하나 위에
이렁저렁 자연만물
정성으로 빚어
행복의 동산 에덴을 만들었다

신은 무소불위 전지전능의 화신이며
그 어떤 것에도 구속되지 않는
자유의 화신이다
때문에 그는
자연을 직접 지배하지 않고
「맹목적인 우주의지」를 통해서 섭리한다

그는
그 스스로 세 가지의 불능을 만들어
그 자신 형상으로 현신하지 않으며
언어로 말하지 않으며
언어로 듣지 않는다
이것은
모든 속박으로부터 독립하려는
신의 자유의지이다

다만 그는
신성한 성령을 가지고 있어
만물의 현상을 정확히 보고
인지할 수 있으며
때로는 직접 지배하고 정립한다

지금 난무하는 이 세상의 사악은
인간의 광기와 탐욕이 길러 낸 괴물이다
신의 영혼은
지극히 선하고 아름다우나
자연 속에서
인간에 의해 뿌리 내린 악이
천지간에 깊게 창궐해
이제 신이
이것을 뿌리 뽑아
사랑의 에덴으로 다시 세우려면
가늠할 수 없는 무한한 시간과
선량한 인류의 끝없는 고통과 희생을
필요로 한다

이것은
신이 인간을
만물의 영장으로 선택한 결과이며
신의 돌이킬 수 없는 최대의 실수이다

그러나 이 고난의 길은
이제 신과 인류에게 남은
마지막 희망이다
그것은 아마겟돈으로 향하는 외길이며
이 지구를 멸망시키지 않고
악을 격멸하고 선을 구원할 수 있는
유일한 방법이다

이 길은
인간이 뿌린 모든 악업을 씻어 내고
원초의 낙원을
되찾을 수 있는 길이요
순결한 에덴으로
다시 돌아갈 수 있는 길이다

신과 우리는
그 날의 영광과 승리를 위해
이 참담한 현실을 인내하며
기다려야만 한다.
저 므깃도의 언덕에
찬란한 태양이 떠오를
그 날까지.

꿈 끝내기·II

방랑자여,
그대는 어디로 가려는가
진흙 속의 연꽃같이
흙탕 같은 삶 속에서
순수의 백련화를 피우겠는가
아니면, 죽는 날까지
악의꽃 화원에서
갈 길을 잊고
쾌락의 향기에 취하겠는가

동행자여,
우리는 한바탕의 꿈파랑
그대는 세속의 탁류에 몸을 던져
탐욕의 농거리를 헤집다가
포영(泡影)처럼 떠나지 마라
살(煞) 같은 욕망의 누더기 훌훌 벗어 던지고
무아(無我)의 자연으로 돌아가라
지금도 금오옥토(金烏玉兎)는 억겁을 품에 안고
온누리 중생 위해 빛 뿌리고 있나니.

기러기

해로하며 금슬좋은 정다운 기러기
수만을 쌓아온 도타운 사랑이
아직도 부족한지
님은 지척인데
한 치라도 떨어지면 구슬피 운다

어디서 왔다가 어디로 가는지
알 수는 없지만
바늘과 실처럼
한결같은 그 마음 사이는
거울같이 숨김 없다.

친일파는 살아있다
태극기의 수모

대한민국엔
태극기를 손에 든
국기데모가 있다

그들 중 일부는
은밀하게 감추어진 일장기를
마음 속 깊이 숨기고 있다

대를 이어 독재정권을 옹위해 온,
"이승만"이 남기고 간
친일극우 세력이다

"다까끼마사오"를 추종하는
애국으로 가장한
독버섯 같은 매국노들이다.

아! 나의 조국

지난 일들.

민중을 살육하던
살인정권의 충견이 된
似而非지식인들
살육의 만행을 지켜 보고도 묵인하였던
반예수적 기독교인
없는 죄도 만들어내던
공포의 판검사들
그들 위에 군림하던
반민족 권력자들
해방 후 오늘까지 이 땅에서 빚어졌던
痛恨의 역사이다

대한 침탈국의 走狗가 되어
동족을 박해해 온
민족반역자들은
"이승만"에 의하여
정치, 군경, 교육, 언론 등의
지배계급으로 세균처럼 배양되었다
그러나, 민족분열의 원흉인 그는
지금 국립묘지에 우뚝 서 있다
아직도, 친일파의 권력은
살아 있기 때문이다.

Heaven's vengeance is slow but sure!

친일극우 해부학

친일극우파들은
피를 부른다
그들이 추구하는 것은
오직, 반공을 빙자한 피바다뿐

여순·거창양민학살, 제주4·3민중학살
20만 보도연맹집단학살, 광주시민학살사건처럼
그들은 천인공노할 피바다 속에서만
희열을 느낀다

이 지구상의 시한폭탄과 같은
한반도에 참혹한 재앙을 초래하고
불가사의의 인명을 살육할 수 있는
매우 위험한 悖惡의 세력들이다

태극기를 휘젓고 혹세무민하며
안보와 민생을 외치는 가식의 무리
자신들의 사악한 친일본색을 감추기 위해
대한의 주권자를 빨갱이로 모는 자들

그들이 지금
대한민국에 있다.

아! 배달이여

강산아 내 강산아

상아빛 얼굴
새하얀 치아 위로
반쯤 열려 이슬 젖은 눈은
허공을 향해 머물러 있고
아직도 따뜻할 것 같은
수려한 자태는
금새 고요를 가르며
움직일 듯하다

불가마 속처럼 뜨거웠다가
갑자기 차디차게 식어져가는
열병 후의 주검처럼
찰나의 삶이 믿기지 않는 듯

실낱 같은 기운으로
이별을 지키는
한 쌍의 촛불
불타는 머리를 어깨에 이고
인연들의 흐느낌이 슬퍼서
그도 몸부림친다

마지막 숨을 몰아 쉴 때
아사달로 달려간
그녀의 넋은
통한을 풀지 못한 아쉬움에
中陰神을 향한
발걸음을 머뭇거리고
이승과 저승 사이를
헤매고 있다

지나간 밤
집 허리를 감아 돌아
모질게 후려치던
광기 서린 삭풍이
잠시 지쳐
쉬어 갈 무렵
찢어진 버들피리처럼
가냘프게 새어나오던
슬픈 어머니의 목소리
백두야, 한라야, 삼천리 금수야
애절한 사연이 그 소리에 실려
잔잔하게 흩어졌다

잊기 위해 잠들어버린 것인가
잠들어서
잊어버린 것인가
그래도 오직 한 가지
잊혀지지 않는 것은
아이의 이름
한라야, 백두야, 삼천리 금수야
여기 반만년 이어 온
끝없는 모정이
다시 깨어나고 있다.

제4부

시선 I

개울

바위 깨고 태어나
살아 모여 어우르는
숫처녀 속살 같은
해맑은 얼굴이여
아름드리 나무 골
사이 헤집고
억겁을 지켜온
순백의 정절
흐르는 그 아래로
세월은 묻혀 가고
오늘 또 떠나 보낼
이 세상을
품에 담아 씻는다.

각시구름

햇살구름

층층이 차려 입은
고운 색 자주 빛깔의
가녀린 수줍음이여
마알간 얼굴 뒷편으로
그대 무엇을 감추었길래
그리 낯을 붉히는가
아련한 님 다가오시는 길에
기다림으로 사모하는
새각시의 마음인 듯
올듯 올듯 아니 오시는
님 보고픈 애절함에
예쁜 댕기 고름
묶었다 다시 풀고
다듬어 빗은 고운 몸매는
시셈 바람에 흐트러진다

청풍이여
그대 이제 오실 때에는
저 각시 거두어
품에 안고 가드라도
고운 빛깔 수줍은 볼은
남겨 두고 가소서.

황혼의 노신사

단풍 같은 옷을 두르고
가을을 지나가던 여인들이 매혹된? 얼굴로
뒤돌아보며 눈웃음을 날린다.
순간, 어깨 죽은 바바리의 깃이 되살아나
움추렸던 목이 당당해진다
아직은, 멋 풍기는 남자의 향기라도
남아있는 줄 착각한 것도 잠시

무심히 박히는
전광판 속의 그의 눈길에
늦더위 이상기온 현재 30도
그제야, 잊어버렸던 몸속의 열기가 갑자기
불칼처럼 치밀어 오른다
주변을 둘러보니 코트를 입은 사람은
자신 혼자뿐……

남천강

하늘 위에 걸려 있던
햇님 각시 푸른 치마
봄바람 난 남천강에
나풀대며 떨어지고

아랑 아씨 향에 취한
밀양강의 은빛 윤슬
아리랑의 가락 따라
아라리로 넘어간다.

종착역

파랑새를 꿈꾸고,
메마른 입술로 황금무지개 뜰 그날을
애타게 기다리던 나그네

다가오지 않을 미래의 幻影은
병든 몸뚱이
지친 핏줄 속으로 스며들고

피할 수 없는 모진 바람 앞에
위태로이 나부끼며, 비틀거리다 돌아가는
빈손 방랑자의 마지막 노스탤지어.

나비 사랑

초롱초롱 풀꽃 위에
피어나 머물던
간밤의 이슬은
햇빛 유혹이 하도 뜨거워
한나절을 버티지 못 하고
서둘러 숨어 간다

한 마디 전갈도
남기지 않은 채
흔적조차 지우고 가는
모진 끝내기는
싸늘한 밤에 태어나서
햇살 쏟아질 때 사라지는
이슬의 타고난 성깔인가

두 어깨 위로
금빛 날개를 휘날리며
눈부시게 다가온 나비는
설레는 몸짓으로
이 꽃에서 저 꽃을 너머
님 찾아 헤맨다.
뒤늦은 님 찾음에
찬란한 날개는 불안한 날개로
그리고 점점
외롭고 가련한 깃발로 변한다

하늘 높이 날아오르다 지쳐
꽃잎 위에 떨어져 내리면
님 생각 미련을
지우다가 지우다가도
이슬 도둑 햇빛이
터질 듯 미워
날갯짓 가녀리게
햇빛 때린다.

가을이 익는 밤이면

가을이 익는 밤이면
나는 잠 못 이룬다
아련히 피어나는
회상의 나래 타고
동리를 휘감아 도는
가곡(駕谷)의 꽃동산과
나긋한 자태를 살랑거리며
실바람에 아양 떨던
연못 길 코스모스
영남루 굽이돌아
아랑의 전설을 품고
청옥이 녹아내린 듯이
새파랗게 질려 흐르는 남천강
그 기슭 송림을 내달리던
수줍던 개구쟁이
석이를 만난다

시간의 유희 속에서
나는 생의 탁류 밖으로
튕겨져 나와
순수의 남천에 던져진다.
이윽고 나는
레테로 흘러 들어가
부정한 현상이 씻겨 지고
상실했던 하얀 진솔을 찾아
다시
모태(母胎)의 품에 안긴다
가을이 익는 밤이면
나는 나를 만난다.

멋진 일요일

어린시절 반딧불이와 술래잡든
개울가 방앗간집
샛노란 금빛 꽃결 유채밭 뒷자락을
새색씨 옷고름 여미듯
수줍게 휘어감은 진달래골 꽃동산
그 요염한 허리를 고삐 풀린 망아지처럼
뛰고 놀며 내달렸던 개구쟁이 동무들
물안개 꿈속 같은 자욱한 파편들이
신비한 요술처럼 추억 먹은 두 눈속에
끝없는 그림으로 피어오를 때
침침한 창 밖 콘크리트 건물 사이로
길 잃은 백조 한 마리 갈 곳을 몰라
이리저리 부딪치며 겁에 질려 운다

갇힌 백조의 운명에
마음졸이며
길을 찾아 날아가길 간절히 빌었지만
결국은, 벽창살에 부딪쳐 한 조각 낙엽같이
떨어지고 만다.
절망감에 떨리는 창백한 손바닥 위로
검은 병 속에 자태를 숨긴 하얀 알약은
싸늘한 정체를 도도히 드러내고
라디오에서 흘러나오는 귀에 익은 D.J.
마지막 목소리가 가물해질 무렵
Beautiful Sunday의 감미로운 선율이
귀에서 영혼으로 녹아내린다.

존재와 무

빛길 따라 무량리 머나먼 그곳
칠흑 같은 하늘을 깜박이던 별들이
신의 뜻으로
살아서는 돌아갈 수 없는
꽃등의 보금자리 은하수를 뒤로 하고
지구의 곳곳으로 쏟아져 내려와
서로에게 뽐내듯
색색의 빛을 뿌리고 있다

그들이 경쟁하며
빛내기를 하는 것은
자신의 빛색이 바래진 순간
가차없이 도태됨을 알기 때문이다

한번 밀려난 그 빛판으로
되돌아간다는 것은
여인의 자궁으로
다시 돌아가는 것과 같다

하여, 별들은
꺼져 가는 자기의 육신을
예감하면서도
언젠가는 잃어버릴
그 자리를 지키기 위해
오늘도
혼신의 힘으로
고달픈 혼불을 태우고 있는 것이다.

수선화

달님을 훔쳐
달빛 타고 날아온
빛꽃같이 아릿따운
수선화
고요한 물가의 침실
구슬 같은 윤슬로 드리우고

수정처럼 맑은
하이얀 자태
부끄러 다소곳한
육등신 외씨얼굴
엷은 미소로 띄우는 그 향기
은근하다

아직도
기다리는 님은 오시지 않는데
그리움 감춘
봉오리 속의 연정은
짓궂은 햇살에 들켜
속절없이 피오르고

기다리다 지쳐
떨어진 꽃잎은
무심한 바람에 쓸려
야속한 님 바람결에 묻고
애수의 물길 따라
정처없이 흘러간다.

표충사 동자승

홀어미가 밤새 빚은
거멀접이 나눠 물고
깔빼기 놀이에
해지는 줄 모르던
녹수의 아랑고을 시골뜨기 영돌이

차려입힌 때깔옷
어미 죽은 수일 만에
승복으로 갈아입고
절절하던 어미 생각
벗어놓은 채

고이 깍은 동자 머리
달 위에 달을 이고
가사장삼 뒤를 따라
사바 고개 넘어간다
제행무상, 제법무아, 일체개고 속으로 ……

제5부

시선 II

귀여운 여인

그대는 아리따운 중년의 숙녀
하지만, 나에겐 그대는 숙녀가 아닙니다
숙녀라 하기엔 너무나 소녀 같은
나의 프리티걸이지요

그대가 만약 요염한 자태로
탐욕스레 다가오신다면
나는 뒤돌아서서
푸른 기억의 등불을 밝히고
나만의 그대를 찾아
청순의 꿈길로 떠나갈 겁니다

해맑은 그대를 찾아 헤매다
새벽을 잊고
다시 깨어나지 못할지라도
왜냐하면, 그대는 나에겐
영원한 프리티걸이니까.

황혼의 꿈

지난 밤 당신이
기억의 저편에
아득히 묻혀 있던
내 인생의 첫 자락을
끌어담아 부친 편지
잘 받아 보았습니다

함치르르한 겉봉을 헤쳐보니
그 속엔 청이슬같이 초롱한
낯선 한 사내가
푸른 얼굴, 푸른 눈빛,
푸른 웃음 함초롬이 띄우고
해맑은 하아얀 몸짓으로 다가왔습니다

아! 그는
싱그러운 향기 온몸에 품고
아무것도 탐내지 않던
어린 망자의 생일처럼
소리 없는 시간 뒷편으로 잊혀져 간
잃어버린 나, 풀빛 같은 석이였습니다.

25시

만촌동 오솔한 어느 버스정차장
광고판에 형벌처럼 박혀 있던
「방황」이란 제목의 시가
구세주라도 만난 듯
내 눈을 비집고 들어왔다

무심코 읽어내려 가던중
불현듯 한 사람이 詩글 속으로
時空의 사이를 헤치고 아련하게 다가왔다
그이다!

순간, 시간의 저편에 아스라히 숨어 있던
기쁨과 아픔의 조각들이 회오리치듯
피올랐다
아! 내 기억속을 방황하는 그대
끝없는 내 영혼의 방랑자

경적소리에 놀라 고개를 돌려 보니
무심한 버스는
그 사람의 흔적까지 훔쳐
달아나고 있었다.

개나리

어어리나모 어어리나모
어여뻐라 예쁜 맵시
노랑고깔 어어리나모

가시던 님 보낸 길을
못잊어 지켜 서서
눈길 적신 그 고개를
고운님 바라보듯
온밤을 순정으로 지새우고

살금살금 숨어 온
먼동의 기지개에
지새는달 서천으로
꼬리를 감추는데

행여나 떠나신 님
그새 돌아오실까봐
옥수 같은 이슬에 몸단장한
수줍어 고개 숙인
어여뻐라 예쁜 멥시
노랑고깔 어어리나모.

팔공산

달구벌에 뿌리 박고
신라 천 년의 자취를
행여나 잃을세라
산신의
갓 쓴 웅봉으로 얼싸안아
충절로 지켜 온
황소 같은 팔공산아!

무너지는 서라벌의 역사를
소리 없는 통곡으로 지켜 보며
역사의 마디마다
새로운 승자들의
질풍 같은 발굽 아래서도
의연히
그 자태 흐트러지지 않던
의로운 침묵의 표상
너 팔공산

총칼에 굴종하던
세태의 비겁함도
시류에 영합하던
역사의 나약함도
아랑곳하지 않고
홀로 버티고 선
굿꿋한 부동의 표상
너 팔공산

만 년 세월의 껍질
벗겨 낸 지금도
그 고색
아직도 창연하구나
너의 이 기상은
달구벌의 상징이며
이 땅에서 피를 이어 온
배달의 긍지이다

팔공이여 영원하라
웅비하는 너의 정기는
민족을 지켜 내는
호국의 원천,
통일로 내달리는
대한의 원동력이다

내일도 어제처럼
그 자리에서
변함 없이 우뚝 빛날
겨레의 영산
너 팔공산아!

망

고샅에서 마주친
찌러기 뜸베질에
볼기짝 내보이며
혼비백산 달아나던
순이 돌이 옛 친구들

동구의 그 내음은
아직도 은은한데
생생하던 소꿉기억
어느샌가 아련하고

인생유랑 수십 년에
남은 것은 그리움뿐
진솔의 그 얼굴은
온데간데없어라.

생각하는 잎새

끝가지에 매달려
무슨 말을 하려는지
승무 추는 여인네 같은 가냘픈 팔로
지나는 바람에 빌어
온종일 손을 흔드는 잎새
날려 온 고향이 그리워서인가
움직일 수 없어
돌아갈 수 없는 어버이 품 때문인가
떠나는 과객은
애타는 그 손짓 본 체도 않고
무심히 어제도 오늘도
제 갈 길만 간다

대를 이어 역사의 흐름을
묵묵히 지켜 본 그의 몸속엔

수만 가지 파란만장의 사연이
녹아 있을 진데
그 애절한 몸짓이
어찌 고향 그리움 만일까
추억의 낱알들을 하나씩 싸 모으며
오가는 인생의 고달픈 길이
측은해서 일게고
험난한 내일을
모르고 지나가는 나그네가
안타까워서 일게다
이럴 진데
누가 감히 나무를
함부로 벨 것인가
잎새 달린 가지를
함부로 꺾을 것인가.

어느 장지에서

오열하는 작별 인사
산중에 묻어 놓고
이곳에의 미련일랑
달리는 개울물에 흘려보낸 체
홀연히 먼 길 떠나는 구나
명모호치같이
해맑았던 옛 시절은
세월의 여정 속에
오수처럼 탁해지고
되돌지 못하는 인생길의 비정함은
고향마저 잊게 했다

늦은 날
망자 되어 찾아 온
고향의 꽃동산은
그 다정함 변함없이 유구하고
자욱한 꽃향기는
여전히 옛날처럼 싱그럽다
비록 생사가 갈렸지만
주검 맡길 보금자리
고향 길로 찾았으니
저승 가는 혼백도
웃으면서 가리라.

나는 갈 거야

어릴적 푸른시절
살갗을 희롱하며 까불대던
는개 노니는 초원길에서
꿈 같은 행복을 그리기도 했지만
내 인생의 온통은
비바람 몰아치는 폭풍의 언덕

보릿고개 불강아지
개밥 반기듯
구비구비 달려드는
핏빛의 아픔

저 산 너머 그리운 곳
유토피아에 흠뻑 적신 내 슬픔
씻어내려 줄
구원의 샘 오아시스
행여 있다면

갈 거야 갈 거야 나는 갈 거야
쌓인 아픔 훌훌 털고
나는 갈 거야
갈 거야 갈 거야 나는 갈 거야
가다가다 죽드라도
나는 갈 거야.

솔개의 꿈

살을 에는 혹한을
견디어 넘고
미지의 대장정 향해
희망 찬 깃발
높이 세우고
하늘로 박차
솟아오른다

험난할 것도 같았던
어이의 충고는
눈앞에 펼쳐진
경이로움에
한순간에 잊혀지고
아름답기만 할 것 같은
비행의 유혹에
나락의 깊이를
알지 못한 채
엘도라도 동산을 찾아
부푼 나래를
힘차게 젓는다

되돌아오기엔
머나먼 길을
끝없이 간 뒤
꿈을 쫓아 날아 온
그곳엔
신기루마저 보이지 않고
잊혀져서
잃어버린 것들이
하나씩 눈앞에
어리어 다가온다

이미 박제가 되어버린
어비의 모습이
이제야 절절해지고
비바람 헤치며
떠나 온 그곳
돌아갈 수 없는
고향의 산천은
이젠
이룰 수 없는
솔개의 꿈이 되었다
아! 애도래라
솔개의 꿈.

첫 사랑

2021년 11월 10일 인쇄
2021년 11월 20일 발행

지은이 / 박솔뫼
펴낸이 / 연규석
펴낸곳 / 도서출판 고글

서울특별시 용산구 한강로 40길 18
등록 / 1990년 11월 7일(제302-000049호)
전화 / (02)794-4490, (031)873-7077

값 15,000 원